AF599976

Reveladas

Alicia Arribas

Aliarediciones

Corrección: Inés González Calo
Fotografía de cubierta: Seher Kibar. *Pexels.*
Maquetación: Aliar Ediciones

Depósito Legal: GR 1502-2024
ISBN: 978-84-10374-88-1

Impreso en España

Edita
ALIAR Ediciones
www.aliarediciones.es
info@aliarediciones.es

Reveladas

Alicia Arribas

Para Emma

One day you finally knew
what you had to do, and began
Mary Oliver

Well life has some risks. Love is one. Terrible risks.
(...)
Here's my advice,
hold.
Hold beauty.
Anne Carson

and here you are living
despite it all
Rupi Kaur

SIRA

Entonces nadie hablaba de la soledad de los niños.

Era extraño no tener hermanos, ni siquiera en la vecindad. Los edificios contiguos protegían la amistad que crecía en la plaza y, aunque la escuela marcase los tiempos, siempre había algún recado que permitía la libertad.

A Sira no la veíamos mucho; solo en vacaciones, cuando su abuela cuidaba de ella y salían a bañarse en el sol. Paseaban en silencio y nos miraba jugar. Todos suponíamos que no le permitían acercarse a nuestro grupo por alguna razón, miedo o enfermedad; y nosotros tampoco la habíamos invitado: una presencia intermitente podría haber alterado las reglas del juego.

Sin embargo, fueron nuestros cuerpos los que mostraron el cambio: en los hábitos, en las palabras y en las zonas de recreo. Ampliamos tanto nuestras calles que, al verano siguiente, la hermandad había abandonado la plaza. De la despedida no nos dimos cuenta.

Aún me pregunto por qué, en qué momento la desidia pudo más que el afecto, cuánto tiempo tuvo que pasar por delante de nuestra puerta para dejar de abrirla, o cómo fue posible que ya no nos mirásemos cuando nos veíamos todos los días.

Con los años, los chicos olvidaron quiénes éramos; nosotras, en cambio, devanábamos los días esperando que vinieran a preguntárnoslo de nuevo. No sabíamos que, si respondíamos, dejaríamos de ser compañeros como antes. O eso pensaba yo, observando a mis amigas, mis hermanas lejanas, salir a la calle detrás de ellos. Porque a mí no se acercaron nunca; mi nombre fue, por mucho tiempo, solo un recuerdo mío.

Más tarde supe que Sira sí se acordaba. Su piel todavía guardaba los veranos que no había disfrutado; y sus ojos, el agua que le permitió vivirlos. Teníamos quince años cuando volvimos a encontrarnos. Ella salía de casa mordiendo la muerte y la vida me colocó allí para evitar que se la tragara. No me llamó a mí sino a mi abrazo y, cuando terminó de llorar mi nombre, me contó que su abuela se había ido. Después me pidió silencio. No sabía dónde estaban sus padres; ni yo, que había sido así desde hacía mucho tiempo.

Mi madre gritaba desde la ventana: se me hacía tarde. Prometí a Sira volver después de la cena. Quería sostener su soledad. Estaba dispuesta a penetrar en su dolor, porque a través de sus grietas era el único modo de quedarme; pero no pude. No me dejaron salir, «para qué a estas horas», y no dije nada.

Esperé toda la noche: la vigilia era mi sacrificio —sumado a la edad, a mi sexo protegido, a la familia que no entiende el despertar temprano—. No fue la primera vez que me tomaron las decisiones. Y, sin embargo, qué injusto y qué triste no poder compartirme.

Yo lo sentía por Sira. Imaginaba su desesperanza de manera inocente. Qué pensaría, qué haría. Tenía miedo a su reproche —la culpa es egoísta—. Y solo al amanecer me di cuenta de que esa inquietud no había nacido en la madrugada: tenía los mismos años que nosotras.

Sira sabía que yo no iría, igual que supo cada tarde que sus padres no volverían, o que, mientras su abuela viviera, no podría abandonarla. Fue la dueña de su infancia. Y nadie puede desprenderse de las ausencias.

Por la mañana no me atreví a verla: me escondía la vergüenza. Para ir a clase tomé un camino distinto. Deseaba evitarla y acabé en el cementerio. Sira llegó después. El negro enmarcaba su belleza.

Pasé con ella y esperamos al sepulturero.

—¿Familiares? ¿Vendrá alguien más?

—No; solo mi hermana y yo —dijo Sira.

—Con su permiso.

La cogí de la mano. Desde ese instante fui su libertad; y ella, la mía.

Anita con delantal de cuadros azules y blancos,
Ángeles Santos, 1928.

CLARA P. A.

Cada mañana, Clara preparaba el desayuno del señor van Hecke, con la misma meticulosidad que requieren las viejas manías o tradiciones: una arruga en el mantel, el tenedor ligeramente desplazado o huellas en los vasos podían suponer largas noches de hambre y frío. Por esta razón, entre otras, la joven servidora abría siempre los ojos antes del primer rayo de sol. Habitaba la cocina durante horas, hasta que el calor de sus manos horneaba el pan, secaba los frutos y hacía hervir la leche. Decantaba el vino; y, cuando el gallo rojo cantaba, salía a recoger las flores del día; luego las envolvía en porcelana, para que el patrón eligiera la más bella antes de dejarla marchitar. Cabía añadir otra regla: a nadie le estaba permitido molestarlo mientras duraba el ritual.

Aquel domingo, en cambio, Emil van Hecke se había levantado indispuesto. Una vez en la mesa, había llamado a su esposa para que lo acompañara.

Empezó a comer despacio, con miedo a expulsar lo que debía quedarse dentro: a pesar de ser burgués acomodado, sabía bien de dónde venía y no dejaría que nada sobrara en el plato.

Sonaron las diez. Clara estaba a punto de salir a misa. Era el único momento en que podía abandonar la casa, además de los días de mercado. Rápidamente se puso el sombrero y atravesó el corredor. «Los señores ya deben de estar fuera —pensó—, tal vez instalados en sus reclinatorios, junto al altar». Pero se equivocaba. Emil había perdido la noción del tiempo y, de un soplo, la rutina se había ido quebrando.

Clara llegó al umbral del comedor con las llaves en la mano. La mirada de Roosje, la señora van Hecke, la detuvo.

—Creo que necesitas descansar —le dijo a su marido.

—Terminaré la leche.

Casi a tientas, cogió la jarra de metal por el asa. Al levantarla, parpadeó y enseguida cerró los ojos, los abrió como platos, los entrecerró, se los frotó con la otra mano y agudizó la vista todo lo que pudo. El reflejo de una ventana bailaba en la superficie y seis rostros de mujer se extendían por el cuerpo del recipiente —aunque fueran uno solo, también con sombrero—. Emil no sabía muy bien qué era aquello. Movía la cabeza en todas direcciones, buscando perspectivas que le permitieran encajar la imagen en su contexto. No se le ocurrió girarse hasta un minuto después.

En otras circunstancias, el enfado del señor habría sido tal que todo Flandes habría ardido de ira: por haber interrumpido, por ofender la intimidad del matrimonio. Afortunadamente, no le quedaba energía ni para preguntar. Roosje tomó la iniciativa.

—Clara, pase, no vaya a llegar tarde. El señor no se encuentra bien. No se preocupe.

Ella asintió.

A pesar de todos los golpes que había recibido, nunca habían sido suficientes para deformar su corazón. Más bien lo contrario: en lugar de costra, un hogar lleno de luz; y sangre pura en vez de rencor. De este modo, no pudo evitar sentir el fracaso de su buena voluntad.

La vergüenza le hacía temblar debajo de todos los vestidos. No se podía dar cuenta de que el tiempo estaba bien medido y que, solo por ella, todo habría funcionado con normalidad: cada paso había sido exacto para que ella y el señor van Hecke nunca se encontraran, aunque sus vidas confluyeran en el mismo punto.

Avanzó lentamente, sin perder de vista la puerta de salida, justo al otro lado del comedor. Notaba la mirada de los van Hecke como una rémora que la forzaba a permanecer.

Parecía que Emil nunca hubiera visto a una mujer. Como un adolescente, observó cada detalle al pasar, incluso los tobillos desnudos de Clara cuando el viento levantó sus enaguas. Sintió vértigo entre las piernas e intentó ponerse de pie.

—¡Dios Santo! —exclamó Roosje—. ¡Qué frío!

Emil se dirigió hacia su dormitorio, cubierto de indiferencia, olvidando todo lo que acababa de ver.

—Clara, espere, hágame un favor.

Roosje se acercó a ella y empujó la puerta. El estruendo hizo que Emil se diera la vuelta desde la escalera.

—Dígale al padre Maarten que el señor está enfermo —miró de reojo a Emil y vio que se había parado a escucharlas—, pero haremos un donativo a la parroquia por no asistir a la liturgia, para la salvación de nuestras almas.

Clara solo sonrió. Emil ya había desaparecido.

—¡Ah! Tal vez sea mejor escribírselo en una nota. Sé que usted es discreta, Clara, pero no conviene que la gente oiga más de lo necesario.

Roosje cogió la pluma y el tintero del aparador, un pedazo de papel y fue diciendo en voz alta a la vez que escribía:

—Estimado Padre Maarten: En nombre del señor van Hecke, le ruego nos disculpe por nuestra ausencia. Somos fieles devotos y jamás faltaríamos a la Sagrada Misa si no fuera por un motivo como el que nos ocupa. El señor van Hecke ha de guardar reposo debido a su estado de salud y es mi deber de esposa velar por él. Roguemos al Señor por su recuperación. Le agradezco su bondad y su compasión. Roosje van Hecke.

Plegó el folio en cuatro partes y se lo tendió a Clara. Ella lo agarró y se lo guardó en el bolsillo.

En la iglesia todo el mundo los estaba echando en falta. Cuando Clara apareció, se fueron calmando los rumores.

Unos segundos más tarde, aprovechando la oscuridad del fondo, Clara se arrodilló en el suelo y se fue desplazando hacia el confesionario. Nadie sospecharía de ella, jamás haría algo prohibido y, sin embargo, el placer de hacerlo era cada vez mayor. Estaba emocionada por tener la oportunidad de leer algo nuevo y sentir que era capaz de descifrar los trazos de tinta, mientras los demás pensaban que ni siquiera los veía.

Sacó la nota y la abrió, cerca de la cortina para tener un poco de luz. Intentó recordar el discurso de la señora van Hecke —se lo había repetido a sí misma varias veces para que la lectura le resultara más fácil—. Se sobrecogió al ver que las palabras eran otras.

> «No puedo esperar a mañana. Ni siquiera sé si Emil irá al despacho. Estaré en la sala de baño a las dos, sin libros. R.».

Lo leyó varias veces, mientras su corazón se convertía en un lastre aún más pesado y la razón la invitaba a volar lejos. No se permitió dudar. Escondió el mensaje bajo la manga del abrigo.

Era el momento de la consagración. La gente se había levantado y de pronto Clara volvió a integrarse en la multitud.

A la salida quiso evitar las preguntas, aunque le encantara inventar respuestas, y se adelantó al raudal de buenos cristianos. Conocía las calles del pueblo como quien las ha caminado con pies descalzos; y, tras doblar varias esquinas y cruzar plazas desiertas, tomó la calzada del norte. Si el tiempo no se ponía en su contra, llegaría antes del atardecer.

Emil van Hecke, mientras tanto, había logrado dormirse con la imagen de Clara entre las cejas. Ni siquiera las visitas lo despertaron de su ensueño. Tal vez la enfermedad le había privado de todas las prendas de lujo y, por un instante, se hallaba desnudo frente a la vida.

La señora estuvo revisando la biblioteca. Trataba de recordar los momentos asociados a cada obra para recrearse en ellos. Tenía *Libro Áureo de Marco Aurelio* entre las manos cuando los van Gees llamaron a la puerta.

—Roosje, querida, qué desconsuelo no encontraros esta mañana. Hemos visto a la criada, pero cuando quisimos preguntarle ya se había ido. Las malas lenguas han llegado a decir incluso ¡que os habíais convertido! Menos mal que nosotros no nos hacemos cargo... ¡Dios mío! El señor van Hecke protest..., ¡qué disparate! Ay, Roosje, te noto muy pálida.

—Tranquila, Adhle, Emil no se encuentra bien desde esta mañana. Está en el dormitorio.

—¡Cómo lo siento! Sabía que no debíamos desconfiar de vosotros. ¿Te das cuenta, Stefjen? Tenía razón. Que se mejore, querida, nosotros no queremos importunar, veo que aún estás desayunando... —Adhle dirigió la mirada hacia la mesa.

—No, ya terminamos. La criada lo recogerá más tarde.

—De acuerdo, Roosje, querida, cuídate. Hasta pronto.

—Gracias por venir.

Cuando Adhle y Stefjen van Gees se marcharon, Roosje se quedó un rato mirando por la ventana. Esperaba, sin duda. Aunque su destino se encontraba en sentido opuesto.

Clara no se había detenido en todo el trayecto. Cada vez era más consciente de su cuerpo: cuánto le costaba arrastrarlo por la nieve. Sentía la incertidumbre de las puertas abiertas, pero no iba a mirar atrás. Ni siquiera se sentía culpable por haber vendido su cuerpo, ofrendarlo tal vez, a cambio de la llave que permitiría llegar hasta allí.

En casa de los van Hecke volvieron a tocar al timbre, justo antes de mediodía. Roosje dio paso al padre Maarten.

—Señora, qué honor ser recibida por usted directamente.

—Pase, padre, le estaba esperando.

—Contábamos con ustedes para la lectura del Evangelio esta mañana. No comprendo a qué se ha debido su ausencia.

—El señor van Hecke está enfermo. Ahora descansa en su dormitorio.

—Está bien. Subiré a bendecirlo. Aunque no podemos ir en contra de la voluntad de Dios...

—Padre, antes me gustaría confesarme.

Roosje lo acompañó al salón y se sentaron uno frente al otro. Hablaron de la gula y de la opulencia, de la caridad hacia los pobres para compensar, hasta que al padre Maarten se le hizo la hora de irse. La señora van Hecke había conseguido su objetivo: no dejar que lo religioso llegara hasta su habitación. A su vez se aseguró de que Clara había leído la nota.

No era cuestión de plantearse qué habría pasado si no lo hubiera hecho. Desde luego era arriesgado, como también lo había sido su relación. Pero el deseo era más fuerte que todos los velos que lo oscurecían. Roosje ansiaba el poder que nunca había tenido y Clara sabía que solo podía ganar. Tres años entre letras no dejaban de ser una excusa. Primero la clase: practicar con la pluma, enlazar las palabras. Después, de los libros a la piel, para terminar de darle sentido al mundo.

Ahora Roosje confiaba en que la lectura ya no hiciera falta y los encuentros se limitaran a la acción.

A punto de dar las dos, esperó a que Clara subiera a llenar la bañera. No dudó de su presencia en la casa hasta que el frío en los pies, bajo la bata, le indicó el tiempo que había pasado. Jamás había contemplado la idea de que pudiera abandonarla. De hecho, estaba convencida de que la encontraría en la cocina terminando algún quehacer cotidiano.

Pero Clara seguía avanzando. Sus pasos se iban acortando sin perder firmeza. Tenía hambre, sed, pena. Durante todo el viaje estuvo imaginando el momento en que Roosje la buscaba. Sin embargo, no dejaría que el viento congelara sus lágrimas. Apenas quedaban horas de luz en la ciudad del norte.

Ajeno a todo, Emil continuó durmiendo hasta la noche. Qué lástima haber visto a Clara solo el día de su despedida, cuando siempre la había rechazado como una maldición. ¿Qué pensaría él si supiera que la criada invisible había sido el punto de apoyo de su matrimonio?

La señora van Hecke ya empezaba a notar esa pérdida de equilibrio. Después de bajar al comedor, entró en la cocina con la bandeja del desayuno. «Clara no lo ha recogido aún para evitar cruzarse con Emil», se dijo.

Pronto supo que eso no era cierto. Todo estaba ordenado y limpio, pero vacío de vida. Los restos de esa mañana eran lo único que se encontraba fuera de lugar.

Roosje se sentó en una banqueta al tiempo que Clara llegaba a la plaza del mercado. Amberes estaba mojada de invierno. Sabía dónde ir, pero no el camino. No había nadie en la calle.

Después de varias vueltas, encontró a un mendigo al pie de una iglesia. Le preguntó por la Guilda de San Lucas y él no supo responderle, aunque sí le indicó la pensión donde solían alojarse los pintores que ofrecían su trabajo al clero.

Ya había anochecido. Antes de llorar, Roosje decidió entrar en la habitación de Clara y comprobó lo que era la austeridad. Solo encontró un vestido en el armario y un candil en la mesilla. Sin ningún pudor, se tumbó en la cama y dejó que el dolor le invadiera el vientre. Al cabo de un rato, un poco adormilada, se giró sobre sí misma y tocó con el pie algo que sobresalía del colchón. Se levantó intrigada y trató de sacarlo. Era un cuadro, el mismo bodegón que Clara creaba todas las mañanas en la mesa, pintado sobre retales, alrededor de una tabla de madera. En el dorso había unas letras escritas.

Aquella noche Clara se hospedó en la fonda haciéndose pasar por prostituta: no habría sido posible de otra manera que una mujer deambulara sola a esas horas. Explicó que visitaba a un importante artista y, de la mentira a la realidad, fue así como conoció al maestro Jan Maaseik.

El señor van Hecke se estaba despertando cuando Roosje consiguió descifrar *Sint-Lucasgilde Antwerpen*. Era la caligrafía de Clara.

Antes de que a él le diera tiempo a llamarla, la puerta de los van Hecke se cerró a sus espaldas.

Al día siguiente esperaban a Clara en el gremio para demostrar el valor de sus manos.

Mesa,
Clara Peeters, 1611.
Museo Nacional del Prado, Madrid.

HABITACIÓN DE HOTEL

Madrid, como podía ser otra. Todas las ciudades se parecen desde la soledad, pero huyes a aquellas donde nadie sabe que eres frágil.

Al llegar allí, la tristeza queda estampada en las sábanas de un hotel y entonces el aire parece más ligero porque nunca lo habías respirado con esos recuerdos. En cambio, los pasos pesan; llevas en los pies las huellas de todo lo que te ha empujado al abismo de las calles. Cualquier intento de vuelta te detiene. La posibilidad del perdón te paraliza y, sin embargo, no esperas otra cosa cuando te has caído de tus sueños.

Pensabas que la ausencia justificaría todo.

Lejanía significa libertad; significa querer a quien está más cerca, dejarse ir con el presente que envuelve su cuerpo, olvidar las raíces que te sostienen y que se van quebrando desde que escribes un nuevo nombre entre tus piernas. Porque amas enamorarte; te encanta tejer en el tiempo un futuro de puertas abiertas y esperar. No logras evitar que la belleza se oculte frente a ti, ni que el deseo de sentirte férvida se aplaque. Prefieres el riesgo ante la duda.

Y ahora lo lamentas.

Has descubierto que la calma era un tesoro escondido bajo la ilusión de lo distinto. Aunque a menudo pensaste en regalar tus horas a quien te ofrecía un minuto de lluvia en lugar de un paraguas, o un hogar que has deshabitado con tu miedo a la vida pasando sin tocar tu pecho; un refugio donde vas a volver cuando ellos se hayan ido, donde siempre vuelves, donde crees que te esperan y te van a esperar mientras no sepan las veces que has querido salir. Mientras no sepan cuál es tu habitación en este hotel.

Pero debes decírselo.

Tal vez en una carta que acabe en fuego, o a través del silencio previo a la mirada que tanto temes: hueca. Debes contarle que has amado otra parte de ti en la que él no está; y, aunque no sabes cuánto de esto tenía que ser así, ni cuánto ha sido lo que has tenido tú en tus manos, aprenderás que solo es tuyo el amor.

Hotel room,
Edward Hopper, 1931.
Museo Thyssen Bornemisza.

LA COSTURERA

I

Pudo acabar todos los principios que la luz le permitió. Al menos le había dado tiempo a hilvanar, antes de que llegase la noche con su marido. Aún tardaría en rematar los vestidos, pero tal vez el rojo pudiera estar listo para el mercado del martes. Por suerte, la primavera le regalaba unos segundos más de trabajo cada día.

Cuando los niños recogieron sus voces, ella, la Carmen, la del Toño, prendió una vela y volvió al interior de la casa. La claridad se perdía en el pasillo que llevaba a la cocina. Guardó las telas entre los manteles y preparó la cena en penumbra. Después quemó la carta que había recibido por la mañana y escribió otra que introdujo en el mismo sobre:

Querida Madre:

Muchas gracias por el nuevo traje. Me lo puse el domingo para salir por el paseo y el señor Márquez me dijo que me presentaría a su sobrino de lo guapa que iba. Estoy emocionada. Espero que Padre lo acepte algún día. Parece ser que su familia también posee tierras cerca del pueblo. Tal vez pudiera trabajar allí...

Hasta muy pronto. Con mucho cariño,

Carmecita (L.)

El Toño llamó desde abajo. Su grito abrió todas las puertas.

—¿Qué hay? —comentó una vecina.

Él pasó de largo y desde el último peldaño alcanzó el sofá.

Cenaron en silencio.

—¿Qué quieres de postre? —preguntó Carmen.

—Ya lo sabes.

—No sé ni cómo te quedan fuerzas.

Solo después del orgasmo Toño se acordó de su hija.

—¿La niña?

—Bien. El señor la trata muy bien.

—¿Y los cuartos? ¿No te ha enviado nada?

—No le llega, Toño. Bastante que come y duerme caliente. Si tiene propina, que será poca, le hará falta para sus cosas.

—Más valdría que pariera pronto un hombre para la labranza, ya que tú no has podido. Yo ya estoy mayor y cansado, dentro de poco necesitaré a alguien que me ayude allí.

—Todo llega. Parece ser que le ha salido un pretendiente...

II

Libertad perdió su nombre durante la Guerra. Desde entonces fue Carmencita, María del Carmen, como su madre.

Con doce años, a falta de pan y de estudios, su padre la envió a servir en la ciudad. La casa de don Felipe fue la primera y única opción.

Hacía tiempo que el médico, viudo de guerra, venía buscando una chica de labor; y cuando Libertad llegó a su puerta, solo con sus manos, se dio cuenta de que ya no tenía más que esperar.

La niña creció quitando el polvo a los manuales, lavando vendas y bañando agujas en alcohol. Aunque nadie se lo pidiera, realizaba una limpieza exhaustiva después de cada consulta, y con ello fue aprehendiendo el oficio de la sangre, las técnicas del dolor y el lenguaje de las sombras que iban dejando los cuerpos. No sabía que la enfermería era otra profesión distinta a la suya, ni que el doctor iba a ser quien se lo hiciera ver.

III

Las prendas gustaron tanto a las vecinas que recibió varios encargos para esa semana.

—Qué buena mano, Carmen, hija.

—Hasta la Collares se lo pondría.

—Aunque solo comamos patatas, me lo llevo.

—¡No! Guárdamelo a mí para la comunión de mi José Antonio.

—¿Y si me pones una puntillita por aquí?

Para el Toño solo había vendido la mitad de los vestidos, solo los que él le había visto coser. No recordaba cuándo había empezado a esconder los céntimos que sacaba con el resto —en el forro del abrigo, bajo las sillas, entre las lentejas—, pero ocupaban la casa como un sueño robado.

IV

Además de atender a pacientes en su casa, el señor Márquez asistía con frecuencia al Hospital Provincial para examinar casos particulares. Su especialidad era el corazón, pero mantenía estrecha relación con el doctor Grande, un psiquiatra de prestigio en el régimen por sus estudios sobre el color de la mente. Al terminar la guerra, ambos habían llevado a cabo inspecciones con el fin de borrar el rastro de los perdedores. Sin embargo, don Felipe tenía claro, como todos los que habían cambiado su honor por una chaqueta nueva, que la sangre nunca iba a dejar de ser roja.

V

Pasaron los años. Carmen, guardando semillas para un invierno pasado; y Toño, sembrando por inercia lo que nunca iba a recoger. El matrimonio era tan sobrio como tácito, y la costurera pudo mantener su ardid hasta aquella tarde.

«Paris VI - 09.10.46», marcaba el matasellos sobre Juana de Arco.

Querida Madre:

Ayer fue mi primer día de clase. Casi no hay mujeres aquí. Aunque un compañero, François —quizá Françoise, no sé si pronunciaba la ese del final—, llevaba pantalones y el pelo corto. Yo creo que no era varón, o era un varón muy raro.

Don Pablo, que aquí le llaman monsieur Paul, me está ayudando mucho con el francés. Las palabras de los álbumes ya las había leído en los libros de la casa y no son muy distintas. Después de la faena espero que me dé tiempo a estudiar un poco el vocabulario.

Algún día le podré regalar yo un vestido a usted, madre, de los que hay en la Rue Saint Honoré, por todo lo que me ha regalado usted a mí.

Carmencita (L.)

Carmen se llenó de aire fresco. Por primera vez respiraba el orgullo de haber acertado. Aunque una lágrima se le escapó al suspirar la ilusión no compartida.

Grabó las palabras de Libertad en su memoria con el mismo fuego que a continuación las borró.

Estaba recogiendo las cenizas cuando escuchó la llamada diaria, pero no de la misma voz, no a la hora de siempre.

VI

—Usted sabe lo que es y de dónde viene.

—Sí, señor, lo sé muy bien.

—Pero no se preocupe. Tengo un sobrino de su edad, Pablo. Está en Francia estudiando. Mataron a sus padres en el Ebro, pero él pudo pasar la frontera. ¿No ha pensado en casarse?

—No, señor, ya hago lo mismo aquí con usted.

—Bueno, hay una cosa que no hace.

Libertad enrojeció.

—Tranquila. No soy como usted cree, señorita. Yo respeto a las mujeres. He salvado la vida a varias incluso, en la cárcel. Podría ayudarla a usted también.

—No necesito más que poder comer cada día.

—Me gustaría que conociera a Pablo; es un buen chico.

—Discúlpeme, pero no comprendo.

—Él puede ofrecerle una vida mejor en Francia. Allí podría estudiar.

—Soy mujer y pobre, usted lo acaba de decir. No hemos nacido para hacer lo que hacen ustedes.

—Piénselo. Francia es una república. París acaba de ser liberada.

—Si me permite, voy a planchar las sábanas. Tiene consulta dentro de media hora.

—Espere un momento; voy a traerle una cosa.

El doctor Márquez volvió con una bata y un fonendoscopio.

—Póngaselo.

Ella abrió los ojos, tanto que la ilusión salió de ellos en una ráfaga y dio un portazo al silencio. No lo dudó.

—¿Qué va a decir su paciente?

—Tranquila, no dirá nada. Me va a explorar a mí.

VII

Dejaron a Toño sobre la cama, como un rayo partido, y se marcharon. Ni siquiera esperaron a que Carmen bajara al bar para llamar al doctor.

La sangre corría lentamente desde la pierna, secándose al paso por los arroyos de la ropa.

—*Madao,* ese *desgraciao. Madao*. Anda que no me iba buscando.

—Déjame que te lo vea.

—Por dos pesetas de mierda. ¡Ah! ¡Tu puta madre!

—¿Qué estabais, de montería?

Carmen intentaba cortar la hemorragia mientras Toño empujaba fuera el dolor.

—Se va a enterar cuando le agarre.

—Sabes que no le vas a hacer nada. Anda, cálmate. Toma un poco de vino. Voy a bajar a comprar una cosa. No te muevas.

—¡Mari! —gritó—. ¿Dónde vas?

Cuando se acallaron los pasos en la escalera, Toño se fijó en la mesa del salón. Quiso levantarse para coger lo que había encima, pero la herida le mordía en cada movimiento; los celos, también. Quizá fuera la primera vez que había sentido algo más allá de la necesidad.

Carmen regresó enseguida, pero olvidó ponerse el escudo de respuestas antes del disparo:

—¿Qué es ese papel?

VIII

París la esperaba en todas sus estaciones, aunque solo Austerlitz conectaba con su origen. Pablo le había anunciado: «Llevaré una rosa en la mano» y se la cambió, al llegar, por una maleta vacía.

Tardó en comprender que la *Rive Gauche* fuera el sur; y el nombre de *franco*, lo que medía el valor de las cosas. Sin embargo, aquello era lo más cercano a estar en casa.

El dinero que su madre había ganado para ella pudo alargarlo hasta la segunda semana. Después tuvo que vender pan para poder comer, pues solamente dejó que monsieur Paul le ofreciera techo y un colchón en el suelo de su apartamento.

La ciudad iba perdiendo luz cuando Libertad empezó la facultad. Octubre había llenado de viento su camino y, en ocasiones, le parecía que este traía el llanto de los que había abandonado. Una llamada del señor Márquez lo confirmó al poco tiempo:

—Mademoiselle —le dijo Paul—, me ha llamado mi tío de parte de su madre. Dice que su padre tiene una herida, un disparo, nada grave —mintió—. El doctor no tardará en llegar. Solo quería hacérselo saber.

—¿Cuándo ha llamado?

—Ayer por la tarde, pero no encontré el momento para decírselo.

—Mi madre no gastaría el jornal de tres días si la llamada no fuera importante. Usted no sabe por lo que están pasando allí. El doctor solo viene al pueblo una vez a la semana y las urgencias se cobran bien caras. Aún menos aparece cuando sabe que la visita no le puede cubrir ni el desplazamiento.

—Tranquila. Seguro que mi tío puede hacer algo.

—Su tío también está enfermo. Tengo que volver.

IX

Carmencita tardó dos días en llegar. Pablo le había pagado el billete a cambio de una promesa que no sabía si podría cumplir.

Al abrir la puerta, su madre la abrazó tan fuerte que fue imposible perder la esperanza.

—No le baja la fiebre desde ayer. Pero descansa un poco, hija, mientras él duerme.

—No. Voy a ver cómo está por si necesitamos algo de la farmacia. Cuanto antes mejor.

—Olvídate, cariño, ya no fían a nadie y no vamos a poder pagar.

Libertad levantó la sábana, el pantalón y la tela que Carmen le había puesto a modo de venda. Toño se despertó.

—¡Hija de tu madre! —gimió—. ¿Niña?

—Traiga aguardiente. Lo más fuerte que tenga. Hola, padre. Soy yo.

La bala había atravesado toda posibilidad de movimiento; casi tocaba el hueso y seguía ahí, contaminando debajo de la costra.

—Necesito un cuchillo, tijeras, pinzas y después aguja e hilo. Hay que hervirlo primero.

—Pero, hija, ¿estás segura?

—Sí, madre. Si no lo hago yo no lo va a hacer nadie.

Libertad intervino a su padre con valentía y delicadeza: desinfectó la herida por dentro, dibujó el futuro de una cicatriz con la guía de su madre, Carmen la costurera, cubrió la piel con ajo y dejó que el alcohol inhibiera el dolor un rato más.

—El día que llamé a don Felipe, con las prisas, me dejé la carta que te estaba escribiendo en la mesa y tu padre la vio. No llegó a leerla porque no ha podido levantarse de la cama, pero no ha dejado de preguntarme. No sé qué voy a decirle cuando se recupere; no me creerá.

—Cuéntale la verdad.

X

Enseguida la voz se corrió por el pueblo. A la mayoría le pareció una indecencia. Otros, en cambio, elogiaron el valor de Libertad y reclamaron su visita a cambio de leche, pan o algunos frutos. Ella accedía con gusto y hacía lo que estuviera en su mano, olvidando el peligro que podía perseguirla.

Toño se recuperaba lentamente. Aún le costaba aceptar que no podría caminar como antes y que, probablemente, tendría que dejarse mantener. Trataba de comprender cómo Libertad había sido capaz de salvarlo. Si en algún momento la acción le pareció loable, nunca llegó a decirlo.

Carmen siguió cosiendo durante horas todos los días. Carmencita la ayudaba con los arreglos, mientras ella preparaba el vestido de boda de la Juanita, hija del alcalde. Solo le faltaban unos remates cuando la propia novia, al probárselo, comentó:

—Qué alegría poder servir a tu marido, ser tú la más importante para él, la que le des todo lo que él necesita... No entiendo a esta chica, por ejemplo, la que ha venido de Francia, que se dedique a ayudar a esa gente en lugar de buscar un mozo, con el buen porte que tiene. Raro me parece que aún no la hayan denunciado.

—Muy bien, señorita, le queda perfecto. La semana que viene lo tendrá listo. Perdóneme el atrevimiento, pero ¿no le importaría a usted adelantar unos días el pago? Me hará falta comprar unos hilos para el bordado.

—¡Cómo no! Pase mañana mismo por el Ayuntamiento si lo desea.

Carmen no tardó en alertar a su hija, sentada en la habitación junto a su padre.

—Niña, tienes que irte, te van a buscar. No puedes seguir haciendo esto. La gente no lo entiende. Mañana voy a cobrar el vestido de la Juanita. Te valdrá para llegar a Madrid y desde allí hasta la frontera.

—Ya decía yo que... —interrumpió Toño.

Libertad sintió el miedo borrándole su nombre.

—Pero, madre, si me están buscando, me reconocerán fácilmente.

—Ven, pruébate el vestido. Con unas puntadas de color no parecerá de boda. Puedo apañármelas para hacerle otro a la chica.

XI

El tren se detuvo en Irún. La Guardia Civil subió y comenzó a pedir los pasaportes. Los pasajeros se levantaron.

En el vagón de segunda clase, el vestido de Libertad atraía todas las miradas. Resultaba muy extraño ver a aquella dama allí.

—*Pardon,* monsieur, he tenido que ir al servicio y ahora no sé cuál es mi asiento —dijo con acento francés.

—La primera clase es por allí, señorita.

—*Merci bien.*

Y empezó a caminar de vagón en vagón.

—¡Niña! —susurró alguien a su espalda.

Ella se volvió sorprendida.

—Don Felipe, ¿qué hace usted aquí?

—Ay, qué mala memoria, con lo joven que es... Soy don Esteban. Esteban, ¿no se acuerda? —dijo con los ojos muy abiertos.

—*Bien sûr*, don Esteban.

En ese momento, apareció el revisor y dos agentes.

—Documentación, por favor.

El señor Márquez le mostró un documento de identidad falso.

—¿Y usted, señorita? ¿Viajan juntos?

—Sí, es mi sobrina.

—Muy bien.

Tras una hora de tirantez, los guardias por fin descendieron. Llevaban a tres detenidos: un hombre y dos mujeres. Una de ellas se llamaba Carmen.

El jefe de estación silbó y el ferrocarril empezó a moverse. Recuperó el ritmo al pasar Hendaya.

El señor Márquez se había quedado dormido. Libertad se preguntaba cuándo podría volver a España.

Mujer cosiendo,
José Gutiérrez Solana, 1943.
Museo Nacional Centro de Arte Reina Sofía, Madrid.

LA CABAÑA EN EL BOSQUE

Mi amor, Étienne. Sé que esta es la última vez que el fuego me espera cuidando de ti. He salido al establo y *Noir* estaba inquieto, no me escuchaba, apenas había comido. Nunca he dudado de su intuición; pero aún me envuelve la esperanza del error, y pienso que el atardecer detendrá de nuevo a la luna cuando llegue a la cabaña. Soy demasiado débil para creer lo contrario. Aunque mis huellas señalen la huida y mis pasos hoy no puedan volver. La tierra me va atrapando en este último trecho. El viento se ha parado a esperar que decida el sentido antes de cerrar la ventana.

Me pregunto si todavía me escuchas; si puedo implorarte desde aquí que no te vayas, o mis lágrimas ya se ahogan en el mar y tú, amor, mi amor, tú también te vas llevando el agua contigo, para no llorar. Para que no me llores si no alcanzas la mano que tiende la vida y eliges olvidarme antes de que yo lo haga.

Porque es cierto: nadie ama tanto, al menos no lo suficiente para soportar miedos ajenos; y yo no he sido capaz de sostener el tuyo.

Comprendería entonces que la tristeza venciera a la muerte y que fuera su peso el que te cerrara los párpados si yo me marcho. Pero no es el abandono el que me deja ir. No sabes desde cuándo tengo solo sangre envenenada. Cuántas veces ha brotado de todas mis heridas y cómo las he vendado para que solo vieras tu pena en las tuyas. Acaso esa es la razón del desarraigo. Y, aun así, te prefiero a mis recuerdos; aunque no puedas, no sepas, quererme más que en la necesidad de este cuerpo que se aleja.

No te pido que seas valiente ahora, ni que luches por vivir si en este adiós despiertas sin mí.

Hace tanto que no existe el ánimo, ni la voluntad de ser uno —ni dos—, que tal vez mueras sin saber que he llegado, que he vuelto como siempre, y solo tenías que abrirme la puerta para aliviar la realidad. Mi ausencia no era más que la pregunta a tu distancia; pero será, quizá mañana, la respuesta a tu dolor; cuando lo único que puede redimirme del fracaso deje de llegarme al corazón y esta enfermedad me arroje a los pies de tu casa, para seguir soñando, antes de ver en el otro la muerte, que nada de esto ha sucedido.

La choza en los lindes del bosque, Étaples,
Henri le Sidanier, 1893.
Museo Thyssen Bornemisza, Madrid.

RETRATO DE DAMA Y NIÑA

Anna conoció a su marido el mismo día de su entierro: casada por poderes desde los once años, apenas había sabido de su existencia hasta entonces. En alguna ocasión había escuchado que estaba enfermo y que su fin era inminente, pero el tiempo había pasado mientras ella crecía en el seno de su madre.

A la ceremonia asistieron todas las eminencias de la ciudad: gobernador, banquero, obispo; mecenas del dinero que conformaban la familia del difunto. Ninguna mujer había sido invitada. Solo Heleen, madre de Anna, se había atrevido a mostrarse ante la muerte, llevando de la mano a su hija.

Al finalizar las exequias el notario se acercó a ellas:

—Señoras, permítanme que las acompañe a casa; tenemos algunos asuntos que tratar.

Antes de subirse al coche, Anna recogió unas flores del cementerio. No las soltó en todo el trayecto.

La casa no estaba preparada para recibir visitas; únicamente el salón acogía un par de muebles restaurados. El albacea siquiera hizo ademán de sentarse; dispuso sobre la mesa varias pilas de documentos y una caja cerrada con un candado.

Heleen no quiso que la niña estuviera presente y la envió al dormitorio. Él intervino:

—Debe quedarse. Ella es la heredera.

—Desde luego —asintió la madre con entereza.

—Veamos... Doña Anna van der Leuven.

—Van Royen, disculpe.

El notario miró a Heleen por encima de sus gafas y prosiguió:

—Van der Leuven. Lleva el apellido de su esposo aunque nunca haya hecho uso de él.

—Muy bien.

—Como única heredera, le hago entrega del contenido de esta caja. A continuación me dispondré a leer el testamento.

El rostro de Alexander van der Leuven, cubierto de plata, se colocó entre las manos de Anna; una correa de cuero lo sostenía, al filo del coral que pendía de él. La niña acarició las cuentas y sonrió sin saber que ese era el último día de su infancia.

Tampoco supo entonces, desde su ensueño, que el cinturón no era la única herencia que lastraba a su riqueza: vastos latifundios, edificios en el centro y kilos de piedras engarzadas tomarían su nombre en las escrituras de un futuro llano y próspero. Solo la castidad como amante debía equilibrar la balanza.

Fueron tiempos, sin embargo, de austeridad invisible. El derecho había establecido que Anna debía cumplir dieciséis años para poder disponer de sus propiedades; mientras tanto, ella y su madre vivirían de las rentas y la venta del pasado, a la vez que asistían a todos los encuentros de la burguesía con el traje de presunción y apariencia.

Al principio, esta actividad no les planteó ninguna dificultad. Madre e hija se convirtieron en una pareja más. Los hombres fueron aceptando la presencia de Heleen en la élite; aunque Anna, con su estigma en la cintura, solo conseguía acercarse a las mujeres más jóvenes.

Con el paso de los días, Heleen pensó que cualquier verdad podría hacer tambalear el presente. Por ello, antes de que las palabras precedieran a los actos, decidió someter a su hija al silencio. El convento de las benedictinas era la mejor opción para una vida resuelta. Virgen y viuda, la vocación llegaría después.

Anna no rechistó cuando su madre se lo propuso: resultaba una alternativa a la mediocridad en la que, parecía, iban a sumirse. De esta manera, además, se evitaría cualquier tentación, de acuerdo a la cláusula del testamento que así lo establecía.

Abandonó los quince años sin felicitación, ni siquiera a través de la madre priora, que hábilmente seleccionaba los mensajes del exterior. No recibió tampoco la carta del notario, en la que este le informaba del cese de posesiones a Heleen van Royen mientras decidiera responder a la llamada de Dios.

Heleen fue recuperando su armario de seda y terciopelo, mientras Anna se vestía con hábito de frío. Ambas siguieron los pasos de la rutina durante años: oración y tertulias, almuerzo y banquetes, trabajo y ocio, convivencia y soledad. Sus sentimientos, en cambio, estaban tan dormidos que hasta un ataque al corazón pasó casi desapercibido.

—No sabemos qué ha podido ser —dijo el doctor ante el lecho de Heleen—. Parece que tenía problemas para liberar la sangre. El resto de su cuerpo está completamente sano.

No le dieron más importancia —era joven— y al día siguiente murió.

Esta vez la notificación sí llegó al convento, aunque semanas más tarde. Fue la propia madre priora quien le dio el pésame a Anna y le concedió unos días de permiso para asistir al funeral en la ciudad.

Anna no reconoció su casa cuando regresó. La puerta estaba abierta y el aire, oprimido por la opulencia. ¡Cómo iban a caber allí las almas!

Examinó todos los objetos, lentamente, aletargada. No era consciente de estar buscando respuestas cuando se fijó en un retrato: ella y su madre posaban en la cripta de Alexander van der Leuven, un mes después de su defunción. En el cuadro aparecía con el cinturón de su marido y de pronto cayó en la cuenta: dieciséis..., regidora..., volver..., matrimonio..., renunciar... Quiso recordar el momento de la entrega, todo lo que hablaron después, pero era incapaz de ligar el discurso del notario. ¿Dónde estaba ahora el cinturón? Heleen se lo había guardado, con el fin de asegurar su voto de pobreza.

Anna subió al dormitorio. Su cuerpo empezaba a despertar. Jamás había osado asomarse a cajones que no fueran los suyos, pero ya no tenía nada que temer. Exploró sin parar, por simple curiosidad, por la libertad de poder hacerlo.

No encontró el cinturón, ni lo encontraría: su madre se lo había llevado a la tumba. Al menos así lo entendió. Y entendió también por qué había ingresado en la orden, por qué su matrimonio había sido tan falaz: Heleen se lo confesaba a la madre priora en una carta que nunca llegó a enviar, comprando su bendición y discreción con las tierras de van der Leuven.

En los últimos años, aprovechando la semejanza con Anna y la diferencia de edad con el señor Alexander, Heleen se había convertido en su viuda, mostrando su marca de identidad en los eventos sociales. Nadie parecía haber sospechado de ella, o al menos nadie se había atrevido a decirlo, ni siquiera cuando el nombre de Anna van der Leuven fue tallado en la lápida. La cobardía era tan sólida y el engaño tan cómodo que aquel día la joven novicia asistió a su propio funeral.

Si de cara a los demás ya no existía, no podía hacer otra cosa: solo le quedaba vivir.

Dama y niña,
Adriaen van Cronenburch, 1567.
Museo Nacional del Prado, Madrid.

BELLEZA REVELADA

Boston, 4 de julio de 1828

El Día de la Independencia: qué despropósito. Me río yo de esos fantoches que desfilan sobre una patria robada; y de la pobre Ellie, con sus pecas y su pelo naranja, que se ha asomado a la calle para sentirse más americana que los algonquinos de Massachusetts. Que lo disfrute mientras Liz se lo permita; pronto necesitará que vuelva a casa. Espero que el festejo dure al menos un par de horas, lo justo para que pueda recuperarme de manera creíble.

Seguro que Daniel también ha ido, faltaría más. Señor senador de los Estados Unidos. Me estarás buscando bajo los sombreros y, al ver a mi hermana, te habrá dicho que estaba indispuesta, como en todos los eventos. «Tiene agorafobia, ya sabes, por eso dibuja miniaturas». Y tal vez tenga razón.

Quiero enviarte algo: una manzana roja que llevarás contigo por si tienes hambre. Confío en que no la compartas como hizo tu mujer contigo —qué lástima de niños, ahora que no está—. En cualquier caso, jamás sabrán quién te la entregó; solo tú, querido Dan, solo tú podrás reconocer su sabor.

Voy a colocar el espejo en el estudio, junto a la ventana, para que la luz me refleje en él. Creo que tengo alguna lámina de marfil ya preparada; lo que no sé es dónde... ¡Ah, sí! Dejé una en el aparador para el retrato de Mrs. Appleton —hermanita, nunca más Goodridge—. Buscaré otra para entonces. Ahora te debo este regalo a ti, Daniel, a cambio del sueño que me has robado esta noche. Aunque me gustaría haberme enterado antes, la verdad, y así evitar tantos días de desconsuelo. Es lo que hacen los buenos amigos, ¿no? Además de prestar dinero, claro.

Pensaba que iba a tener más suerte con el tiempo, pero en esta ciudad también el verano se pinta gris; no hay tregua. A ver dónde encuentro ahora una vela, o dos mejor. Mi vista ya no es la que era y algo me calentará la llama. Fuera debe de hacer calor, a pesar de todo.

¿Y los pinceles? Estos no, los nuevos, los Kolinsky. Los había guardado por aquí. De tanto esperar la ocasión, he olvidado... ¡Ya! Me da un poco de apuro usarlos... Todo sea por ti, Daniel, mi amor.

Me falta un poco de agua para las acuarelas. Del aseo valdrá.

Nada más. Todo listo.

Casi. Un segundo. Supongo que oiré a las chicas cuando vuelvan, pero por si acaso.

¡Lo que pesa este mueble! No puedo. La silla parece que encaja en el picaporte. Funcionará para avisar.

Ojalá mi piel fuera tan transparente; así esta obra no sería necesaria.

La finura del marfil desvela los secretos que la realidad guarda. Aunque nunca osaría decir lo que he visto en mis retratos: Julia, Gilbert, Beulah, Eben, Daniel de nuevo. No sé si tú también serías capaz de verlo.

Resultaría más fácil contarte lo que siento, o que lo hubieras descubierto la última vez. Pero las cosas han cambiado mucho desde aquel momento.

Dan, ¿vas a poder vivir sin una mujer? Me extrañaría mucho. Los hombres como tú necesitáis a alguien que os sostenga el apellido en lo alto de la sociedad, porque el suyo lo habéis borrado con una firma y ya no tienen nada que perder. Sin embargo, yo me ofrezco, porque sé, como tú, que el éxito no os basta, y el cuerpo, sin duda, también requiere atención.

A veces creo que soy como un hombre. Lo soy, de hecho, desde que menstrué y empecé a comprender que el deseo no solo nace para dejar descendencia: no puede ser posible que todas las veces sea así, que seamos siempre tan animales. No puede ser posible que os olvidéis del infierno cada vez que os acercáis a una mujer; y que las mujeres, desdichadas, sean capaces de temer un castigo distinto del que ya tienen. No sé si lo mío es suerte.

La cera se está consumiendo. Más vale que comience pronto. Aún seguirán con sus himnos: «*the land of the free and the home of the brave...*». Ingenuos. Claro, que los esclavos no pertenecen a esta tierra de hombres libres y valientes, y pensáis que podéis cantar en nombre de todos, como si ellos, sus hijos, no hubieran nacido aquí, como si no tocaran este suelo más que cuando están muertos. África es una mujer maltratada: cree que su verdugo está para protegerla.

¿Y si yo fuera tu esclava, Dan? ¿Qué harías conmigo? Me pedirías que me desnudara, seguro, como voy a hacer ahora; más lentamente quizá, porque hay que guardar las formas. Ante todo, elegancia. Ni siquiera te atreverías a mirarme; lo harías de reojo, o solo cuando ya estuviéramos en la cama y la sábana se moviera sin querer. Pero mejor dejar que la oscuridad cubra el pecado; cerrar los ojos y dejarse hacer. El tacto es suficiente; el sexo, demasiado consciente. ¿Y a partir de ahora, también? Me quitaré el vestido, y no me importará. Uno a uno, los botones de la espalda. Desde el hombro, por los brazos, sacando las mangas. El corsé abrirá mi pecho a medida que los lazos se vayan deshaciendo. Desprenderé la falda y caerá rendida a mis pies con las enaguas. Y quedaré en camisa, blanca, última fortaleza sobre mi piel.

Sarah, cuánto tiempo sin ver tu cuerpo. No tiembles, no hace tanto frío. El sexo siempre requiere este sacrificio, y tú no vas a ser menos. Te conservas bien: nadie diría que llevas cuarenta años dejándote pulir por la vida. No has engordado mucho y tu vientre se mantiene firme; el pecho, turgente; algo más blando por la falta de práctica, pero mejor, en cualquier caso, que si hubieras sido madre. No; no vayas a creer que eres estéril, como la esposa de Abraham, ni que los hombres que estuvieron en ti lo eran. Acaso es una fortuna que nunca te hayan fecundado. Imagínate: ni cuadros, ni comunión, ni familia. Tú, madre de bastardos; ellos, hijos de... Incluso contigo, Daniel.

Ya es hora de empezar. Con qué facilidad el tiempo se ahoga en mí y comienzo a tejer pensamientos para no naufragar.

Las curvas será lo primero que dibuje. No quiero caer en tópicos, pero son ciertamente bellas, e imperfectas, aunque no te habrás dado cuenta. Al tacto no se nota demasiado. Mira, me caben en una mano. El pezón lo sostengo con la yema de mi dedo. Tú también podrías hacerlo. Aprieta, no duele. Los dos a la vez. Ahora mueve el pulgar alrededor. No existe otra parte más suave ni más sensible. Pero tú no lo sabes, supongo que no.

Mezclaré el rosa hasta encontrar el color más cálido que puedas besar, chupar, morder, beber —todo eso que yo no alcanzo—.

¿Alguna vez has sentido pudor? Miedo al placer de la sugerencia, vergüenza por la belleza revelada.

Ofrecerte lo que tengo me conmueve. Mostrarme ante ti me seduce. Y... ¿por qué no decirlo? Me gustaría provocarte: saberme dueña de los momentos más íntimos que guardes con esta imagen en la esquina de un cajón.

Ahora imagina que este chal, esta tela que me roza, me descubre, me deja a la vista, me limita a este sentido que sueña con volverse tacto, gusto, olfato, en el momento en que abra las piernas. Siempre que tú lo quieras así. Siempre que la sangre pueda llevarte mi pecho hasta ahí abajo, donde empieza el presente.

Y si dudas alguna vez, si prefieres eludir mi presencia imaginada, si eliges la real, si me rechazas incluso durante años antes de volver, yo estaré dispuesta a ser tuya el tiempo compartido, pero nunca comprometida. Nunca seré fiel al adulterio. Porque no entenderías, mi amor, que ahora, mientras te hablaba y te pensaba, me he mirado a mí también, me he tocado, he recorrido mi piel y mi sexo, y he descubierto que también mi cuerpo se calienta con mis manos. He descubierto que el mejor orgasmo de mi vida lo acabo de tener conmigo misma. Y contra eso, ni tú ni Dios, jamás, vais a poder actuar.

Beauty revealed,
Sarah Goodrige, 1808.
Metropolitan Museum, Nueva York.

LUDOVICO Y ELVIRA

I

Ludovico tocaba el piano porque la música era lo único que tenía en sus manos. Cualquier otra cosa tuvo que buscarla en el agua, que traía y llevaba restos de vida por los canales sin puerto.

De día, en Rialto, trataba de encontrarles dueño a sus hallazgos. A cambio, podía comer algunas frutas; pescado, si el objeto era valioso; y aún le sobraban monedas para seguir remendando el traje de entrada a Ca' Rezzonico, donde la noche le permitía ocultar su origen y formar parte de la cultura veneciana. Allí, entre poetas, pintores y nobles obsoletos, daba voz al instrumento que nadie miraba, salvo un segundo después de quedarse callado. Entonces aplaudían, brindaban y seguían hablando mientras Ludovico abandonaba la sala como el eco de sus notas, recordando que él solo era un superviviente, que ese no era su mundo pero tenía la suerte, o perspicacia, de haber podido acceder a él para no vender del todo su alma.

Una madrugada, volviendo del palacio, la luna detuvo sus pasos. Brillaba entre góndolas bajo el Ponte dei Pugni. Ludovico miró al cielo, pero solo había estrellas y su luz no parecía desprender ningún reflejo. Buscó sombras en la penumbra y, al no escuchar ruido, se quitó la ropa y se adentró en el agua.

Valió la pena salir cubierto de un olor que tardaría días en despegarse. Su dedo meñique lucía ahora una sortija de plata. Sonrió pensando en los miles de liras que podría conseguir con ella.

II

Elvira dejó la comida preparada antes de irse al mercado. Aunque era su labor diaria cargar kilos de bulbos al hombro, aquel día se encontraba especialmente cansada, y repartir las cebollas entre los tenderos resultó tan costoso como retener las lágrimas que guardaban dentro.

Cuando acabó el trabajo, bordeó los puestos por los soportales y contó el dinero sin sacarlo del bolsillo. Arrastraba los pies y los párpados, pero estaba contenta porque había ganado más que de costumbre.

Entonces lo vio, en la esquina de la Pescaria. El joven negociaba con el mercader. Se movía, negaba, gritaba. Elvira cayó en su conversación; se apoyó en una columna y comenzó a escuchar:

—No voy a darte nada, muchacho. No es mi trabajo hacer ricos a los ladrones.

—Lo puede vender en la joyería, a un comerciante extranjero... Fíjese en el sello, no es cualquier cosa. El león, la flor de lis...

Elvira se tensó de repente.

—No hay más que verlo para saber que es una mala copia. Te hará falta mucha suerte para encontrar a algún estúpido que te lo compre.

—Usted se lo pierde; ya verá. *Testa di cazzo*! —Dio un puntapié y se marchó.

—¡Eh! ¡Oiga, caballero! —lo llamó Elvira. Él se volvió.

—*Buongiorno*. ¿Qué puedo hacer por usted?

—¿Podría enseñarme la joya que pretendía vender?

—¡Cómo no! Pero dudo que pueda estar usted interesada.

—Claro que me interesa. Ese anillo no es suyo.

—Desde luego que lo es ahora mismo.

—¿Puedo verlo?

—Tendrá que decirme al menos su nombre.

Elvira lo miró a los ojos. Ludovico se conmovió, pero no dejó a la vista ni un ápice de empatía.

—Elvira. Elvira Longhena.

—Longhena. No parece un apellido muy noble. No creerá acaso que este —se lo mostró— es el escudo de su familia.

Elvira sintió un desgarro en el vientre.

—¿Dónde lo ha encontrado?

—Si realmente lo quiere, vuelva aquí mañana, a la misma hora, y le contaré la historia de este pequeño tesoro.

Elvira se resignó. Apenas podía hablar.

—Supongo que esto es solo una injusticia más.

—*Arrivederci, bella*. La esperaré.

III

Ludovico y Elvira se vieron en dos ocasiones más. Hablaron, discutieron, negociaron. Él siempre encontraba excusas para no ceder; y ella, para no perder la esperanza. La cita se acabó convirtiendo en la punta de la miseria.

La tercera vez, sin embargo, Elvira llegó llorando. Ludovico pensó que inspirar compasión era su último recurso y, si él no respondía, dejaría de verla. Se equivocaba. Cuando ella empezó a hablar, primero se sorprendió, luego se dejó arrastrar por el dolor y al final lo comprendió todo.

—No soportaba los gritos. Los sentía tan dentro que ya ni los oía, pero notaba cómo me tumbaban con su paso. Mi padre estaba borracho, mi hermano tenía los ojos hinchados de rabia. Sabía que la noche no pasaría sin dejar rastro en mi cuerpo. Y me escapé. Corrí, anduve hasta el mercado: solo conocía ese camino. Después me dejé guiar por el Gran Canal y sus calles cortadas. Cuando se apagó la vela, tuve que pararme. Dormí hasta el amanecer en la escalera de una iglesia.

Elvira contaba su historia con firmeza. El llanto parecía haber sido un espejismo. Ludovico no podía dejar de abrazarla con la mirada.

—Un señor me despertó ofreciéndome limosna. Pertenecía a la nobleza, dijo, a los... No recuerdo el nombre. Me prometió una recompensa, un anillo con el escudo de su familia, de gran valor, si le dejaba tocarme. Lo rechacé y traté de llegar a casa antes de que mi padre se levantara. Pero el hombre me siguió, me alcanzó y...

Elvira cerró los ojos, apretó los dientes y contuvo el aire.

—Creía que esa noche huía de lo peor. Jamás pensé que otro anzuelo pudiera llegar hasta mi vientre.

Ludovico recuperó la calma:

—Escucha. Tranquila. Voy a darte el anillo, pero no ahora. Tardaré unos días, hasta que resuelva un asunto. Tendrás que confiar en mí.

Elvira se agarró a su sonrisa antes de hundirse en el camino de vuelta.

IV

Ludovico lo conocía. No frecuentaba la sala de conciertos pero siempre aparecía en carnaval o en otras celebraciones prohibidas. Él mismo lo había llevado hasta su maestro y había permitido, al principio, su acceso al palacio bajo un falso mecenazgo. El precio de su deuda era imposible: absoluta fidelidad.

Por eso a Ludovico no le extrañó lo que vio, lo que el duque le hizo a ese cuerpo que aullaba de noche en el Campo de Santa Barnaba. Aunque en ese momento solo pudo callar y esperar a que el fantasma desapareciera.

Cuando el acto terminó, Elvira, desde el suelo, y Ludovico, tras una góndola, observaron cómo la misma sortija que pretendió servir de cebo fue lanzada al agua. El noble sabía que esa era la única máscara que podía identificarlo, y borrar su nombre valía más que la propia joya.

V

Al padre de Elvira le estalló la mirada cuando Ludovico se presentó en su casa, días más tarde, con chaqueta de ante y sortija de plata, pidiendo la mano de su hija. Cegado por la ambición que desprende la ignorancia, en ningún momento se preguntó cómo era posible que una vendedora ambulante pudiera cruzar el puente a la nobleza y, sin dudar, aceptó. Elvira cogió el manojo de cebollas, como un día cualquiera, y salió detrás de su prometido.

Ludovico la condujo por el laberinto hasta el barco que aguardaba junto a Santa Maria della Visitazione. El pasaje corría a cuenta del duque. Antes de montar, Elvira dudó:

—No sé si debo marcharme así. No puedo dejar que seas tú quien me salve.

—¿Solo porque soy un hombre?

—¿Por qué lo haces si no?

—Sube. Deja que sea entonces la música del mar quien te lleve, a ti y a nuestro hijo.

Y el anillo cayó de nuevo al agua.

Vendedora veneciana de cebollas,
John Singer Sargent, 1880-1882.
Museo Thyssen Bornemisza, Madrid.

LA MUJER DEL TREN

Sí; lo hice. Yo lo hice. Yo lo maté. ¿Acaso no soy dueña de la vida que yo misma he creado? Porque no irán a decirme que eso de los hijos es cosa de dos, que si hubiera sido así no estaría yo aquí, en este tren, con la muerte alrededor de mis manos y estos señores a mi espalda temiendo la libertad de una adúltera. Adúltera y asesina. Infanticida, lo llaman. Doble o infinitamente pecadora. Y si Manuel no me hubiera congelado la sangre con su ausencia, con su regreso al matrimonio, legítimo y decente, cuando le dije lo que esperaba, y yo hubiera estado a la altura del abandono, a santo de qué habría tenido necesidad de arrancarme el amor que me había dejado dentro, por qué iba yo a querer acabar con este niño que llevaba en los ojos el pecado, la mirada oscura, idéntica a la de su padre —eso nadie lo podía negar—.

Pero no existe peor cárcel que el desamor. Y yo me deshacía con las horas; no iba a ser la excepción. El dolor era tan voraz que al final morir —matar— fue la única libertad que tuve a mi alcance: borrar mi rastro en el mundo para poder seguir viviendo, o malviviendo, allí donde me llevan. ¿También los castigarán a ellos por ahorcarme? Supongo que lo justo es poder decidir una vez. Mi turno ya ha pasado y no debo retar más a la muerte. Sí a la vida, eso siempre; mientras dure, mientras pueda seguir desamando a Manuel y soportar todos mis pedazos juntos. Mientras no exista fuerza más débil que yo misma.

Otra Margarita,
Joaquín Sorolla, 1892.
Mildred Lane Kemper Art Museum.
Washington University.

EL PALCO

I

«Que este sea el lugar al que vuelvas, no del que tienes que marchar», se había dicho veinte años atrás, con la misma llave en la mano, girándola en sentido opuesto al del presente.

Abrió la puerta y el polvo de su juventud le entró en los ojos. Se los frotó. Después cruzó el umbral y, aún cegada, descargó el equipaje. Su cuerpo se relajó en ese instante: reconocía su origen y, poco a poco, iba olvidando por qué había llegado hasta allí.

«Ya no hay prisa —se engañaba—, eres dueña del tiempo, tienes el pasado a tu alcance. Nadie podrá encontrarte si permaneces en casa. No esperan tu regreso: se despidieron entonces para siempre». En el fondo, sabía que las calles de París merecían sus pasos.

Destapó las ventanas y dejó que la primavera entrase para limpiar la oscuridad. Un rayo de luz atravesó la vitrina, el cristal, las lentes, los anteojos, indicando el comienzo del camino. Marie sonrió: su madre los utilizaba en la ópera. Ella era pequeña, nunca había estado en el palco. Entonces pensó que no habría mejor ocasión para descubrir esa parte del mundo y, decidida, buscó en el armario. Se puso un vestido negro —solo así comprenderían su soledad—, cogió los gemelos, miró la maleta cerrada, como quien recuerda el abismo tras haber dado un paso atrás, y salió.

II

La fila alcanzaba la esquina del Palais Royal. Marie la recorrió de fin a principio y fue observando cómo todos los asistentes parecían conocerse. Cuando no quedó nadie más fuera, entró en el teatro y preguntó por el palco de monsieur y madame Casat.

—Hace años que está vacío; sus herederos no parecen interesados en la ópera —comentó el acomodador—. Puede acceder desde la tercera planta, puerta nueve. Pero... ¿usted es?

—Su hija, Marie.

El trabajador enrojeció.

—Que disfrute del espectáculo entonces.

Los músicos desafinaban sus instrumentos. La luz aún estaba encendida. El final de las conversaciones se dilataba. El silencio apareció con la última tos.

Marie se desplegó en su asiento y encendió sus sentidos. Escuchaba pero no prestaba atención al argumento. Inventó su propia historia desde el preludio y comenzó a alternar los detalles de la obra con los del público. Todo lo que veía también era ella. Se observaba a sí misma mirando, buscando, evitando ser encontrada tras las lentes.

«¿Y si me reconocen o alguien se acuerda de mis padres? ¿Y si preguntan por él?»

Tenía miedo. Sin embargo, no había huido para ser cobarde. Cada herida era un paso hacia la libertad.

III

Cuando Michel se fue, no doblaron las campanas hasta varios días más tarde. Nunca quedó claro lo que había pasado; aunque, sin duda, la desaparición de su cuerpo ocupó de pronto el centro de todas las leyendas.

Marie pasaba las horas recibiendo retazos de lástima. Tal vez alguna vecina comprendiera de verdad el abandono, pero estaba segura de que la incertidumbre superaba al dolor. Meses más tarde, cuando la duda fue ya insoportable, decidió confiar en la muerte y escapar de un hogar al que nunca había pertenecido. Volvió a la Île de Saint-Louis, arrastrando el luto que no había guardado y el peligro de no estar donde nadie y todos la esperarían el resto de su vida.

IV

Monsieur Dubois no dejaba de observarla. Sabía que en poco tiempo se daría cuenta. Mientras tanto, disfrutaba del poder que otorga el desequilibrio y pensaba: «Qué bella es. ¿Cómo no amarla? ¿Quién sería capaz de dejarla sola? Ya quisiera Sylvie tener su fuerza. Está aquí y ni se sorprende cuando miro al otro lado del escenario. Pero ¿seguro que es ella?»

V

Marie no eligió a Michel. Formaba parte de la familia, como una tradición predispuesta a marcar el futuro. Se casaron y a lo largo de los años fue aprendiendo a amarse con él. Ella quiso quererlo, y lo hizo; pero el amor no es la voluntad de amar, no es suficiente si el cuerpo no responde, y ellos nunca pudieron respirarse. Con todo, la presencia mutua parecía necesaria: se ayudaban a vivir las horas creyendo en la belleza de su paso, aunque ambos supieran que la rutina no era lo que esperaban, sino lo que iba deshaciendo su esperanza.

VI

Al fin lo vio. Él había mantenido su postura en todo momento: inclinado, por delante de Sylvie; ¿acaso solo podía mirarla si le tapaba a ella la vista?

El corazón de Marie quería reconocerlo: de pronto había despertado y corría con un latido rápido y doloroso; pero no sabía dónde, cuándo ni por qué ahora.

Tardó el segundo acto entero en lograr que el olvido le devolviera su historia. Cuando la tuvo en los párpados, se dio cuenta de que había amado para sobrevivir, en la distancia, de la única manera posible. Siempre había deseado el encuentro, como todo lo prohibido, pero esta vez más que nunca se guardó las ganas de convertirse en recuerdo: se ocultó detrás del abanico y lo ignoró hasta el final de la obra.

VII

Cuando el acomodador terminó de hablar con Marie se apresuró hacia la puerta del teatro.

Michel fumaba junto al coche.

—Monsieur, disculpe. Acaba de entrar la hija de los Casat. Está en el palco. Tal vez... No sé si es buena idea...

—*Mon Dieu*! Se está usted equivocando. Mi esposa no sale nunca de casa. No puede ser ella.

—Lo siento, monsieur. Solo quería alertarle. Será otra pariente. —Hizo una pausa—. Monsieur y madame Dubois acaban de llegar también.

—Gracias, Antoine. Tenga la amabilidad de acompañar a la señora Dubois hasta su coche cuando acabe el espectáculo.

—De acuerdo, monsieur.

VIII

Marie no esperó a los aplausos. Bajó deprisa al vestíbulo y se colocó junto a una columna. Enseguida apareció monsieur Dubois amarrado a su esposa, aunque su mirada rogaba desasirse de ese brazo y encontrar a Marie.

El acomodador, con su voz, pareció indicarle dónde debía buscar:

—Madame Casat, ¿cómo fue el espectáculo? Permítame que avise al cochero para que la lleve a casa.

—No será necesario. Volveré a pie. Muchas gracias.

Antoine, contrariado, improvisó:

—La acompañaré hasta la puerta entonces.

A punto de aceptar el ofrecimiento, Marie volvió la cabeza un instante y recordó que no debía ceder sus decisiones a nadie.

—Discúlpeme. Monsieur Dubois, ¿cómo está? ¿Se acuerda de mí?

—¡Cómo no, madame! Le presento a mi esposa Sylvie.

—Mucho gusto.

—Ha sido un espectáculo maravilloso.

—Ciertamente fabuloso.

—Su coche ya está listo —interrumpió Antoine.

—Sylvie, querida, acompáñalo. Yo tengo que acabar unas gestiones.

Madame Dubois subió al coche y partió. Se quedaron a solas.

—Cuánto tiempo, Marie. No te había visto nunca por aquí. Siempre viene Michel solo. A menudo quedamos después de la ópera. ¿Está enfermo?

Marie mantuvo la compostura y sonrió, aunque sentía la verdad agrietando su alma.

—No. No te preocupes.

—Muy bien. Dale recuerdos. Ha sido un placer volver a verte.

—Igualmente, François. Hasta pronto.

IX

Estaba empezando a llover. Michel, frente al teatro, bajo su paraguas, veía cómo Marie se iba alejando de François. La llamó, gritó su nombre varias veces. Ella se paró —reconocía su voz—, pero no se giró; siguió andando aún más rápido, tanto como el vestido le permitía. Cuando estuvo al final de la calle, adivinó un coche acercándose. Cerró los ojos.

—Estás muerto, Michel. Estás muerto —se repetía.

El coche pasó de largo.

Entonces Marie comenzó a respirar el daño, muy despacio. Miró la soledad a la cara, desgarrando el presente. Y lloró por la vida que acababa de nacer.

In the loge,
Mary Cassatt, 1878.
Museum of Fine Arts, Boston.

SOL DE JULIO

No esperaba que apareciera una mujer allí. Solo los jóvenes se acercaban a la orilla, seguros de poder guardar su belleza en sus propios ojos; como si los demás nunca se hubieran mirado, o el mar no hubiera visto antes los cuerpos que ahora se cubren de pliegues. Pero Bertha había llegado a propósito; había seguido el salitre del viento y había cruzado la atalaya, con el vientre lleno de preguntas y las manos manchadas.

Al principio Matt se quedó quieto, cuando la oyó romper el agua a su lado y sacar los antebrazos brotando lágrimas. Después retorció las piernas y finalmente pensó que no importaba tanto mostrar lo que todos, alguna vez, habían tenido delante: podría haber sido su madre. Sin embargo, no sabía quién era, qué hacía, qué buscaba. Era la primera vez que Matt se fijaba en alguien distinto de una manera tan ávida.

Bertha se acercó a él, despacio, sosteniendo la mirada en su rostro. Quiso aprovechar la desventaja de la edad para iniciar alguna palabra, pero no logró más que un suspiro.

Matt se levantó. Se giró buscando a sus amigos. No había nadie más.

Bertha lo observó. Matt, turbado, se unió enseguida a sus ojos y fue siguiendo el camino que ella hacía sobre su piel.

—No te vayas. ¿Cuál es tu nombre?

—Matt, Matthew.

—Matthew —repitió—. Yo soy Bertha, la mujer del pintor.

El joven sintió el golpe. Sonrió apretando los dientes. Aún no reconocía los celos ni el desconcierto, pero comenzaba a descubrir la vida que nunca había imaginado. (Uno empieza a ser consciente de su fragilidad cuando ya está roto). Y todas las opciones parecían posibles.

—No sabía que el señor Scott... —apuntó con timidez.

—¿Lo conoces, entonces?

Bertha sí sabía lo que estaba haciendo. No se había equivocado al elegir a Matt entre los muchachos. Conocía bien a su marido. Aunque cambiasen los rasgos en los cuadros, era él siempre: todos los niños, todos los jóvenes, incluso ella.

—Sí, bueno, no sé si se refiere... Mire. Ahí está.

En la cima del acantilado, Scott abría su caballete al cielo. Bertha levantó la vista hacia él. Matt aprovechó para coger sus pantalones mojados y ponérselos. De pronto había sentido pudor; quería huir al pasado, recatarse; pero quizá el deseo fuera la salida de la infancia, y su miembro bajo la tela marcaba ese adiós.

—No veo bien de lejos —aclaró Bertha—. Scott tampoco. Y supongo que no imagina que yo pueda estar aquí. No te preocupes.

Matt asintió, aunque no dejaba de vigilar a su alrededor.

—Tengo que irme. No me gustaría que el señor Scott me viera con usted.

Bertha sonrió.

—¿Por qué, Matt? ¿Puedo llamarte Matt, verdad? No sé qué te da miedo —mintió.

Bertha empezaba a comprenderlo todo. Imaginaba a Scott descubriendo un cuerpo igual al suyo y dudando si ella era un error elegido. (A menudo es necesario tener algo que perdonarse; y por eso Matt en la playa, nunca en el pueblo; por eso la cama vacía, nunca la mesa; por eso Bertha despierta y desnuda y nunca amada).

—Hace tiempo que el señor Scott me pinta, me pide que pose, solo o con otros chicos, para sus cuadros. Sobre todo en verano. A cambio me da unas monedas. Sabe que lo necesito.

—Supongo que le estarás muy agradecido.

—No querría disgustarle.

—No lo harás. Te tiene mucha estima.

—¿Le ha hablado de mí alguna vez?

—No ha sido necesario.

En ese momento, Matt se relajó: supo que Scott había guardado su historia en el silencio, del mismo modo que Bertha había guardado sus días en el tiempo.

Ella miró a lo lejos: estaba segura de que Scott los veía detrás del lienzo.

Antes de que Matt intentara marcharse de nuevo, apretó los puños y concentró en ellos toda su fuerza para luego desvestirse lentamente.

Dejó pasar unos segundos. Tomó la mano de Matt y la llevó a su pecho. Él solo lo acarició. Ella besó sus dedos, los chupó; después soltó su brazo y se puso de rodillas.

Matt temblaba, contraía los glúteos y los muslos. No imaginaba qué podía ser lo siguiente, pero quería seguir.

Bertha apoyó las manos en su cintura. Desabrochó el pantalón e introdujo la punta de sus dedos. Se detuvo, dobló los nudillos y tiró hacia abajo.

Durante el juego, Matt olvidó a Scott y empezó a encontrarse fuera de sus cuadros. Tal vez la vanidad había vendado sus ojos y por ello tuvo miedo de salir a la vida. (No es más humano quien renuncia al instinto animal, sino quien encuentra belleza en él). Bertha había sido la puerta y Scott había visto cómo la abría.

Cuando terminaron comenzó a anochecer.

Bertha no podía volver a casa antes de que Scott hubiera llegado. Prefirió esperar a que él viera el cheque sobre la mesa. Había vendido toda su obra. Para la próxima exposición solo quedaban los cuadros que había pintado ella.

***July Sun*,**
Henry Scott Tuke, 1913.
Royal Academy of Arts, Londres.

INTERIOR CON MESA

I

De vuelta a casa he recogido unas flores, las he colocado en un jarrón y te he esperado en la habitación para comprobar que no ibas a darte cuenta.

A veces necesito hacer este tipo de cosas: apoyarme en la belleza, tratar de construir otra vida encima de nosotros. No siempre lo consigo; casi nunca, diría; pero, mientras lo hago, soy consciente de cómo mi pensamiento quiere huir, por un instante, del dolor.

—Hace buen día —digo al verte.

Tú me preguntas por la tía Margaret.

—Como siempre. No envejece. Te envía recuerdos —miento. Hago una pausa—. En la estación me he encontrado con Laura. —Su nombre te despierta y por primera vez me miras—. Quiere abrir una editorial en Bloomsbury.

Trato de contártelo como si me fuera indiferente: conocemos a mucha gente, y cuánto de nuestro tiempo habremos dedicado a sus vidas sin interés. Pero oírlo me ahoga, incluso en mi voz, y necesito varios segundos para poder devolverte la atención.

—¿Ella sola? —te escucho decir—. ¿No estaba casada?

Entonces parpadeo y respiro despacio. Me levanto de la mecedora y me asomo a la ventana. Trato de concentrarme en el paisaje. Observo el mar, salgo de mí durante una breve mirada, hasta que el pasado y el futuro se superponen en mis ojos.

—Yo también lo haría sola.

Silencio.

¿Por qué parte del cuerpo sangran las palabras? ¿Por la boca que ya no besa y muerde sus propios labios? ¿Por las manos convertidas en puños? ¿Por el pecho? ¿Por el vientre arrugado? ¿Por el sexo seco?

II

—Abre el cajón —ordenas después de un rato.

Te miro sorprendida. Por un momento parece que esperabas mi respuesta. Siento hielo en los dedos pero hago lo que dices.

Hay una carpeta. En ella encuentro un mapa de Londres y una lista de direcciones: imprentas, librerías, compañías de transporte...

—¿Qué es esto?

—Puedes usarlo cuando lo necesites.

Quieres que me vaya.

—¿Cuánto tiempo lo has tenido guardado?

—Desde que conocimos a Laura. Mantuvo contacto con Virginia y Leonard. Ella me dio la idea.

Lo sabías todo.

Te miro como a una herida, que intenta doler pero solo sangra.

¿Por qué entonces el silencio? ¿Por qué los días baldíos? ¿Acaso la paciencia era parte del juego?

—¿La amas? —te pregunto.

—¿Y tú?

—Está casada.

—¿Desde cuándo te ha importado eso? Vuelve a Londres.

—¿Y los niños?

—Contigo.

—También son tus hijos.

—No llevan mi apellido.

—Tampoco tu afecto.

—Laura siempre lo tuvo claro.

—No te entiendo.

—La maternidad. No es posible si queréis hacer algo más, hasta que los niños crezcan.

—Querrás decir: hasta que su padre crezca y deje de necesitar a otra mujer que lo cuide.

III

Sales de la habitación, a punto de liberar esa rabia que delata tu condición. No eres capaz de soportarme. Todo lo que pueda decirte pesa más de lo adecuado, y huyes para evitar que tus manos puedan abrasarme.

Te veo caminar por el jardín, sin ritmo: te paras, corres, cambias de dirección; a veces te vuelves y miras hacia la ventana.

No puedo distinguir tu expresión, pero imagino tu fracaso. También el mío si finalmente me quedo, si renuncio a lo que puedo ser.

Vuelvo a mirar las flores. No puedo creer que su atractivo solo sirva a quienes pueden compartir su polen. ¿Qué son entonces para mí, que cuento el tiempo en sus pétalos?

No siento tu regreso hasta que la madera cruje a mi espalda. No esperaba volver a verte, no tan rápido.

Tengo miedo. Temo que ahora no me dejes ir y me atrapes en tus manos como si ese fuera el único modo de redimir tu libertad. Tomo el plano de Londres, busco las señales que has hecho: Gordon Square, Belford Place, Southampton Row. Memorizo todo lo que puedo.

—Veo que ya lo has encontrado —escucho antes de girarme.

—¡Laura! ¿Cómo has llegado? ¿Has visto a Edward?

—Sí, pero creo que él no me ha visto a mí.

Suspiro. Ella sonríe. Mi corazón palpita deprisa; primero en el pecho, luego el latido se coloca entre mis piernas.

—Esta mañana olvidé decirte algo.

La miro a los ojos y espero.

—O tal vez no quise decírtelo. No era el momento. Edward me ha pedido que me mude aquí, supongo que cuando tú te marches. Necesitará una madre para sus hijos cuando estén en la casa.

—Pero no tiene sentido. ¿Y la editorial? ¿Y tu marido?

—Graham viaja mucho. Pasa más tiempo fuera que aquí. La situación no cambiaría demasiado.

—Laura, no permitas...

—Sé que no debo...

—No puedo marcharme si sé que tú te quedas con él.

—Te he contado su plan, pero no el mío. Edward quiere ayudarte; deja que lo haga. Los hombres tienen la continua necesidad de demostrar que son capaces de proteger a sus mujeres. Lo contará en el Círculo. Lo valorarán por apoyar un proyecto femenino. Es lo que más le interesa. Utilízalo.

Edward, no regreses aún, no pises este cuarto si no es para despedir mi vuelo.

—¿Y tú, Laura?

—He alquilado una oficina en Montague Street. Pertenece a un primo de Graham. Tiene estufa, muebles, algún sofá... Podemos dormir allí al principio. Tú irás primero y yo llegaré la próxima semana. A Milly y a Tom les encantará la experiencia.

—¿Estás segura? Siempre pensé que no te gustaban los niños.

—No puedo tener hijos —confiesa—. Ahora podré cuidar de los tuyos. Si aceptas mi propuesta, claro. —Cómo no hacerlo, incluso a cambio de todas las palabras que me está quitando.

—Será mejor que te prepares cuanto antes —añade. La ilusión siempre tiene prisa.

IV

Comienza a anochecer. Apenas vislumbro las formas del jardín: los árboles se superponen, el mar se une al horizonte. Parece que un cuerpo yace sobre la hierba.

Laura sale de la habitación. Antes de cerrar la puerta exclama:

—Por cierto, ¡qué flores tan bellas!

Interior with a table,
Vanessa Bell.
Tate, London, 1921.

Índice

Este libro se terminó de editar en Granada
en octubre de 2024 por

www.aliarediciones.es

info@aliarediciones.es